I0686107

LCESTE,

PARODIE.

Représentée pour la premiere fois sur le Theâtre de l'Hôtel de Bourgogne, par les Comédiens Italiens ordinaires du Roy, le 21. Decembre 1728.

Par Messieurs DOMINIQUE *&* ROMAGNESY, *Comediens du Roy.*

A PARIS,
Chez PIERRE DELORMEL, Imprimeur-Libraire, ruë du Foin, à sainte Geneviéve.

M. DCC. XXIX.

Avec Approbation & Privilege du Roy.

ACTEURS.

ALCIDE.

LYCAS, *Confident d'Alcide.*

STRATON, *Confident de Licomede.*

CEPHISE, *Confidente d'Alceste.*

LICOMEDE.

PHERE'S.

ADMETE, *Arlequin.*

ALCESTE.

UN PAGE.

THETIS.

UN MEDECIN.

MERCURE.

CARON.

LES OMBRES.

PLUTON.

ALECTON.

MATELOTS.

DE'MONS, *Chantans.*

DE'MONS, *Dansans.*

ALCESTE,

PARODIE.

SCENE PREMIERE.

Le Théâtre représente un Port de Mer avec des Vaisseaux.

ALCIDE, LYCAS.

CHOEUR. AIR. *Les Triolets.*

VIVÉS, vivés époux heureux,

LYCAS à ALCIDE.

Quoy la musique vous ennuye,
Vous fuyés les ris, & les jeux;

LE CHOEUR.

Vivés, vivés époux heureux,

LYCAS.

Votre ami voit briller les feux
De l'Hymen charmant qui le lie,

LE CHOEUR.

Vivés, vivés époux heureux,

LYCAS.

Prenés part à cette harmonie.

LE CHOEUR.

AIR. *Vivons pour ces Fillettes.*

Vivés, vivés heureux époux.

ALCIDE.

Morbleu canailles taisés-vous,
Votre concert me blesse,

LE CHOEUR.

Vivés dans l'allegresse
Vivés,
Vivés dans l'allegresse.

LYCAS.

Mais qu'avés-vous donc Seigneur Alcide ?

ALCIDE.

AIR. *Pierrot mon Conseiller fidele.*

J'adore la charmante Alceste,
Desormais quel espoir me reste,
Mon ami voit combler ses voeux,

LYCAS.

N'en prenés point de jalousie,
Un Amant doit être joyeux,
Quand sa Maitresse se marie.

Vous prenés la chose trop serieusement.

AIR. *Diablezot.*

L'amour est-il plus fort que vous ?
Un Guerrier toujours indomptable,
N'ose-t'il braver son courroux ?
Le monstre le plus redoutable
N'a pû se soustraire à vos coups.

ALCIDE.

Lorsque l'amour est sous les armes,
Le plus grand Héros n'est qu'un sot ;
Peut-on résister à ses charmes,
Diablezot.

LYCAS.

Vous ne sauriés vous dispenser de voir la Fête qui va bien-tôt commencer.

ALCIDE.

De quoy cela m'avancera-t'il ?

LYCAS.

Differés votre depart jusqu'à la nuit.

ALCIDE. AIR. *Quoique Normand.*

Ah ! Lycas quelle nuit funeste !
Admete, ô trop heureux époux !

LYCAS.

Je suis sûr que Madame Alceste
La passera bien mieux que vous.

ALCIDE. AIR. *Une veuve d'apétit.*

Je les verrai s'agacer,
Se pincer,

A mes yeux se caresser,
Pour Alcide quel suplice!
C'est jouer *bis.*
Le vrai rôle d'un Jocrice.

AIR *de l'Opera.*

Je te l'avois bien dit je partirai trop tard.

Mais toute réflexion faite.

AIR. *Gardons nos Moutons.*

Je partirois mal-à-propos,
Car je suis necessaire,
Il leur faut du moins un Héros
Pour se tirer d'affaire,
Admete est peureux,
Pherés est gouteux,
Sans moi que peut-on faire?

LYCAS.

Voilà de bonnes raisons celles-là.

SCENE DEUXIE'ME.

STRATON, LYCAS.

STRATON.

AIR. *Mon Mari est à la Taverne.*

LYcas j'ai deux mots à te dire,

LYCAS.

Ces deux mots n'ennuiront-ils pas ?

STRATON.

De Cephise je suis l'Empire,
Pourquoy suis-tu par tout ses pas !
Que prétens-tu ?

LYCAS.

Je prétens rire,
Ta la lé ri ta, &c.

STRATON.

Pourquoy viens-tu nous troubler ?

AIR. *Tarare ponpon.*

Ah ! laisse-moy joüir de ma bonne fortune,
J'aime, je suis aimé, laisse en paix nos amours,

LYCAS.

Sûr du cœur de ta Brune,
Peux-tu craindre mes tours ?

STRATON.

Un Rival importune
Toujours.

AIR. *Je vous cherche à la chasse.*

L'agréable Cephise
M'assure d'un amour constant,

LYCAS.

Mon enfant,
Si l'on te favorise,
Crois que l'on m'en fait tout autant,
Tel se croit d'une Belle
L'Amant preferé, favory,
Seul chery,
Qui de son Infidelle
N'est pas mieux traité qu'un Mary.

STRATON.

La voicy l'Ingrate.

LYCAS.

Je te laisse avec elle, tu peux t'éclaircir de ce que j'ay l'honneur de te dire.

SCENE TROISIE'ME.

CEPHISE, STRATON.

CEPHISE. *Menuet d'Hesione.*

DAns ce beau jour quelle humeur sombre
Fais-tu paroître à contre-tems ?

STRATON.

C'est que je ne suis pas du nombre
Des Amans heureux & contens.

CEPHISE.

AIR. *Ah! Philis je vous vois.*

Un air grondeur & severe
N'est pas un grand agrément,
Il faut pour plaire
Etre amusant,
Saillant,
Petillant,
Pressant,
Caressant,
Le chagrin n'avance guere
Les affaires d'un Amant.

STRATON.

Eh! comment veux-tu que je sois gay, ce maraut de Lycas dit que tu l'aimes.

CEPHISE.

AIR. *Nanette dormés-vous.*

Lycas est un peu discret, *bis.*

STRATON.

Ah! je me doutois bien que le drôle mentoit:

CEPHISE.

Lycas est peu discret,
D'avoir dit mon secret.

STRATON.

Comment tu me trahis!

CEPHISE.

Non je te desabuse.

STRATON. AIR *de Mitridate.*

Quoy Cephise m'abandonne,
Morbleu je suis enragé,
Peux-tu sans rougir, Friponne,
Me donner un tel congé?

CEPHISE.

Je te le donne,
Straton n'a pas voyagé,
S'il s'en étonne.

STRATON.

Quoy cruelle après tant de promesses....

CEPHISE

AIR. *Changement pique l'appétit.*

En vain une beauté charmante
Promet d'être toujours constante,
Aisément elle se dedit,
Changement pique l'appétit.

STRATON.

AIR. *Je ris, je suis toujours contente.*

A changer quel sujet t'engage ?
Est-ce là l'effet de tes sermens ?
Après deux ans, peux-tu, Volage,
Former de nouveaux engagemens ?

CEPHISE.

Comptes-tu pour rien à mon âge
D'être fidelle pendant deux ans.

STRATON.

Mais comment as-tu pû te résoudre à me quitter ?

CEPHISE. AIR. *Dame commode.*

C'est l'Inconstance
Dont la vive douceur,
A ta puissance
Assujétit un cœur,
A[illegible] .our charmant vainqueur,
Epargne nous l'honneur
De la persévérance,
Ton trait le plus flateur,
C'est l'Inconstance.

A DEUX. AIR. *L'Avés vous vû passer.*

Il faut { Changer toûjours,
Aimer toûjours,

{ Les plus douces Amours
Sont les Amours nouvelles,
Sont les Amours fidelles
Ollire ollire olla.

SCENE QUATRIE'ME.

LICOMEDE, STRATON, CEPHISE.

LICOMEDE.

AIR. *Il m'est avis que l'on me foure.*

STraton donne ordre qu'on s'apprête,
Pour commencer bien-tôt la Fête.

STRATON.

Oüi vraïment j'ay fort envie de rire.

LICOMEDE. AIR. *La Besogne.*

Je vais faire un tour de maraut,
Mais pour le Spectacle il le faut,
Quoique de Théris je sois frere,
Ne laissons pas que de le faire.

A part... Contraignons nous-bien.

AIR.

AIR. *La Baguette.*

La chose est donc faite,
Alceste en ce jour,
Me préfere Admete,
Malgré mon amour ;
Loin que j'en murmure,
Je suis par ma foy,
De cette avanture
Content comme un Roy.

CEPHISE.

Cela n'est pas bien sûr.

LICOMEDE.

Bon, c'est moy qui lui donne les violons, tu me vas voir ouvrir le Bal.

CEPHISE.

AIR. *Je ne suis pas si Diable.*

Si l'on croit l'apparence,
Vous êtes detaché,
Mais sous l'indifference,
Votre amour est caché ;
Seigneur, je vous devine,
Je m'y connois un peu,
Vous faites bonne mine
A mauvais jeu.

LICOMEDE.

Voilà les Mariés qui s'approchent, & la Fête va commencer.

SCENE CINQUIE'ME.

LE CHOEUR, ADMETE, ALCIDE, ALCESTE, PHERE'S, LYCAS, CEPHISE, STRATON, MATELOTS, & MATELOTTES.

LE CHOEUR. AIR. *Les Triolets.*

VIvés, vivés heureux époux,
PHERE'S.
Quel plaisir cet Hymen me cause!
ADMETE & ALCESTE.
Que ces liens me semblent doux!
LE CHOEUR.
Vivés, vivés heureux époux;
ADMETE.
Ce chœur, à parler entre nous,
Devroit avoir la bouche close,
LE CHOEUR.
Vivés, vivés heureux époux,
ADMETE.
Il dit toujours la même chose.

DANSE DE MATELOTS.

LICOMEDE.
AIR. *Dans nos Vaisseaux.*
Dans mes vaisseaux,
Venés, ma belle Reine,

Et souffrés que je vous mene
Danser sur les eaux ;
Mes Matelots
Vous y feront bien rire
Par leurs tours nouveaux,
Vous mes Rivaux,
Voyés-la moy conduire
Comme deux Nigauds.

ADMETE. AIR. *La faridondaine.*

Il a raison, Alcide, allons
Conduire nôtre Femme,

LICOMEDE.

Quoy vous marchés sur nos talons ;

ADMETE.

Nous escortons Madame,

LICOMEDE.

Quand je donne colation,
La faridondaine, la faridondon,
Je ne regale les Maris
Beribi
Qu'à la façon de barbari
Mon ami.

Il jette Admete dans l'eau.

ADMETE.

Comment donc, qu'est-ce que cela signifie ?

ADMETE ET ALCIDE.

SUR L'AIR. *Une Fille à son dejeuné.*

Dieux ! le pont s'abîme dans l'eau !

ADMETE.

Ah! le joli cadeau!

ALCIDE.

Perfide!

ADMETE.

Alceste!

ALCESTE & CEPHISE.

Au fecours, au fecours,

LICOMEDE ET STRATON.

Et zefte, & zefte,

ADMETE.

Adieu donc mes amours.

ADMETE. AIR. *Et vogue la galere.*

Ah! la maudite Fête!

LICOMEDE.

Cinglons droit à Sciros,

ADMETE.

La chofe eft mal-honnête,

LICOMEDE & STRATON.

Adieu vaillant Héros,
Et vogue la galere, &c.

LE CHOEUR DU VAISSEAU.

Et gay gay Madame la Mariée,
Bon bon, &c.

ADMETE & ALCIDE.

Au fecours! au guet! au feu!

SCENE SIXIE'ME.

THETIS.

AIR. *Contre un engagement.*

THétis proſcrit tes jours,
Redoute ſa colere,
J'approuve en ſes amours
Licomede mon frere,
Sois époux debonnaire,
Souffre tout ſans crier,

ADMETE.

Vous faites-là, ma chere,
Un fort joli métier.

Au ſecours ! au ſecours !

THETIS. AIR. *Sans deſſus deſſous.*

Quoy malgré mon commandement, *bis.*
Vous vous embarqués hardiment, *bis.*
Puiſqu'on mepriſe ma colere,
Sans deſſus deſſous, ſans devant derriere,
Vents furieux déchaînés-vous,
Sans devant derriere & ſans deſſus deſſous.

Thétis rentre dans la mer, & les Aquilons excitent une tempête.

SCENE SEPTIE'ME.

ALCIDE & ADMETE.

ALCIDE. AIR. *Lanturelu.*

QUe l'honneur nous guide,
Brusquons les instans,
Joignons le perfide
Sans perdre de tems;

ADMETE.

Ah! mon cher Alcide,
En voilà bien de perdu,
Lanturelu, lanturelu, lanturelu.

Le Théâtre change & représente la Ville de Sciros.

SCENE HUITIE'ME.

CEPHISE, STRTATON.

CEPHISE.

AIR. *Je touche à mes derniers instans.*

ALceste devroit être ici,

STRATON.

Crois-moy n'en prens point de souci,
Puisqu'elle differe à venir,
Laisse-moy ta la la la la,
Laisse-moy t'entretenir.

CEPHISE.

Nous devons l'attendre.

AIR. *L'Abbé petit Maître.*

Mais d'où pourroit naître
Ce retardement?

STRATON.

Son époux peut-être
Est dans ce moment
Tout au fond de la riviere,
Lere lon lan la,
Tout au fond de la riviere,
Ah! qu'il est bien là!

Pour nous, grace au Ciel, nous

sommes dans l'Isle de Sciros, nous n'avons pas été long-tems en chemin, comme tu vois.

CEPHISE.

AIR. *Ne m'entendés-vous pas.*

Tu ne te plaindras pas
De mon humeur sauvage,
Je t'ay dans le voyage
Donné peu d'embarras,

STRATON.

Oh! je ne m'en plains pas.

La fine mouche! tu en sçais diablement long.

CEPHISE. AIR. *Menuet des Fêtes Grecqu.*

Et si je t'assurois
Que c'est toi que j'adore,

STRATON.

En vain tu le dirois,
Non, jamais je ne le croirois,

CEPHISE.

Quoy tu doutes encore
Du feu qui me devore?
C'est trop m'outrager,
J'ay feint de changer,
Pour mieux t'engager.

CEPHISE.

AIR. *Un Mari qui vit en aimant.*

Ce n'est point inutilement,

Que j'ai feint un tel changement,
Il faut dans l'amoureux commerce
Sçavoir user de rafinement,
L'heureux Amant,
Nonchalament,
Tombe, & languit dans l'assoupissement;
Il faut qu'un Rival le traverse
Pour réveiller son empressement.

STRATON. AIR. *Nanon dormoit.*

Ne tente pas une frivole excuse,
De tes discours,
Je connois les détours,
Non, non morbleu, ne crois pas qu'on m'abuse
Une seconde fois,

CEPHISE.

J'en vois *bis.*
Que l'on a trompés plus de trois.

CEPHISE.

N'y a-t'il pas moyen de t'apaiser?

STRATON.

Non, épouse-moy dans ce moment.

AIR. *C'est l'Ouvrage d'un moment.*

L'amour qui dans tes yeux petille,
Ne te dit-il pas clairement,
Que faire un Epoux d'un Amant,
Faire une Femme d'une Fille,
C'est l'ouvrage d'un moment.

CEPHISE.

AIR. *Un peu de tricherie.*

Crois-moy, mon cher Straton, differe;
Je t'aime d'une ardeur sincere;

STRATON.

Et bon bon bon
Je t'en répon,

CEPHISE.

Ah! ce soupçon me fait injure,
Faut-il qu'un serment te rassure,

STRATON.

Et zon zon zon,
Ah! voyés donc,

CEPHISE.

Oüi pour toi seul, beau Sire;
Je soupire,

STRATON.

Chanson, chanson, chanson.

Cephie & Straton chantent ensemble; l'une les paroles du premier couplet, pendant que l'autre chante celles du second.

CEPHISE.

AIR. *Le Menuet de l'Empereur.*

Quoy sans cesse,
De ma promesse,
De ma tendresse,
Straton doutera?
Je t'assure,
Oüi je te jure,

Que ta blessure
Bien-tôt guérira ;
Tu dois m'en croire, cher Amant,
Differons cet hymen charmant,
Plus on attend,
Et plus la chose paroît drôle,
Crois-en ma parole,
L'Amour s'envôle
Quand on l'immole
A de noirs soupçons,
Quoy sans cesse, &c.

STRATON.

Non, non, non,
Non Traîtresse,
Ton cœur me trompera
Comme à l'Opera ;
Non, non, non,
Non parjure
Bien sot qui te croira ;
Amusement, amusement,
Doit-on differer un moment
Tout retardement est frivole
Mauvaises raisons,
Finissons,
Ne fais point la folle,
Que de façons !
Discours, & chansons,
Non, non, non, &c.

SCENE NEUVIE'ME.

LICOMEDE, ALCESTE, CEPHISE, STRATON, SOLDATS DE LICOMEDE.

LICOMEDE. AIR *Pierre Bagnolet.*

NOn, non, je ſuis inexorable,
La belle allons, gagnons pays,

ALCESTE.

Malgré la douleur qui m'accable,
Quoy vous êtes ſourd à mes cris?

LICOMEDE.

Vous m'avés appris, *bis.*
A devenir inexorable,
Je me vange de vos mépris.

ALCESTE.

AIR. *Eſt-ce ainſi qu'on prend les Belles.*

Les Beautés les plus cruelles
Se gagnent par la douceur,
Vos maximes ſont nouvelles,
Vous parlés d'un ton grondeur;
Eſt-ce ainſi qu'on prend les Belles?
Lon lan la,
O gué lan la.

LICOMEDE.

Point tant de raiſonnemens; marchons.

ALCESTE.

ALCESTE. AIR. *Que je cheris.*

Ne pourrai-je vous émouvoir?
Ah! quelle barbarie!

LICOMEDE.

Quand l'amour est au desespoir,
Il se change en furie.

Palsambleu, Madame, vous m'avés rendu miserable; il est juste que vous le soyés aussi.

ALCESTE.

AIR. *Le beau Berger Tircis.*

Admete avoit mon cœur
Dès ma plus tendre enfance,
L'Amour, ce charmant vainqueur,
Nous soumit à sa puissance,
Nos feux, notre constance,
Font tout notre bonheur.

LICOMEDE.

Voilà un plaisant aveu, c'est bien là vraymènt le moyen de m'adoucir.

STRATON.

AIR. *Voici les Dragons qui viennent.*

L'ennemi vient nous surprendre,

LICOMEDE.

Repoussons ses coups,
Sur tout gardés de vous rendre,
Ah! je vais bien me deffendre,

STRATON.

Et moy itou, & moy itou.

Licomede contraint Alceste d'entrer dans la Ville, Cephise les suit, & les soldats de Licomede ferment la porte de la Ville dès qu'ils sont entrès.

SCENE DIXIE'ME.

ADMETE, ALCIDE, LYCAS, SOLDATS ASSIEGEANS.

ALCIDE & ADMETE.

AIR. *Avance, avance.*

MArchés, marchés, marchés, marchés,
Approchés, Amis, approchés,

ADMETE *criant bien fort.*

Faites donc plus de diligence,
Avance, avance, avance,
Car l'affaire est de conséquence.

Je crois que le corps d'armée a peur.

SCENE ONZIE'ME.

LICOMEDE, STRATON, SOLDATS ASSIEGE'S, ADMETE, ALCIDE, SOLDATS ASSIEGEANS.

ALCIDE.

A droite & à gauche.

ADMETE.

Ecoutés bien le commandement: sauve qui peut.

LICOMEDE *sur les Ramparts.*

AIR. *Je reviendrai demain au soir.*

Messieurs fussiés-vous encor plus,
Soyés les bien-venus, *bis.*
Nous ferons tous notre devoir,
Pour vous bien recevoir, *bis.*

LE CHOEUR.

Nous ferons tous notre devoir,
Pour vous bien recevoir. *bis.*

ADMETE à ALCIDE.

On ne peut rien de plus honnête, ils veulent apparemment

nous donner à dîner ; pour moy je l'accepte, cela vaut mieux que de se battre.

ALCIDE.

Vous n'y pensés pas, Seigneur Admete, il faut que le perfide Licomede vous rende Alceste ; allés la lui demander d'un ton ferme.

ADMETE *en tremblant.*

Je crois que vous avés raison, mais cependant le dîner....

AIR. *On vous en ratisse.*

Evite un funeste sort,
Rends-nous Alceste, & d'abord
Nous pardonnons ta malice,

LICOMEDE *sur les Ramparts.*

Voyés comm'on la rendra,
On vous en ratisse, tisse, tisse,
On vous en ratissera.

ADMETE.

Tu ne veux pas la rendre.
Non ; une fois, deux fois, trois fois.

LICOMEDE *sur les Ramparts.*

Non, non.

ADMETE.

Non, hé bien ! tu n'as qu'à la garder ?

ALCIDE.

Ah ! que dites-vous ?

AIR. *Je suis un bon Soldat.*

Montés tous à l'assaut
Tost, tost, tost,

LICOMEDE.

Amis, courés aux armes,

ALCIDE.

Que par tout le soldat
Ti ta ta,
Répande les allarmes.

ADMETE.

Ma foy, cela devient serieux ; attendés.

AIR. *Je les verrai s'agacer.*

A moy, Compagnons, à moy,
Vôtre Roy
Est saisi d'un grand effroy,

ALCIDE.

C'est Alcide
Qui vous guide,

ADMETE *en tremblant.*

Je n'en suis, je n'en suis pas moins timide.

On assiége la Ville, il se fait une sortie.

ALCIDE. AIR. *Des Fraises.*

Je vais sans craindre leurs coups
Vous ouvrir un passage,
Ils seront bien-tost à nous,
Mes amis suivés-moy tous,

TOUS ENSEMBLE.

Courage, courage, courage.

Alcide à la tête des Assiegeans enfonce avec sa massuë la Porte de la Ville, Admete entre dans la Ville & en sort avec un Cochon de lait, qu'il dit être son prisonnier de guerre.

SCENE DOUZIE'ME.

PHERE'S, *Armé, marchant avec peine.*

AIR. *Griselidis.*

COurage, enfans, courage,
Je viens me joindre à vous,
Mon bras dans le carnage
Va seconder vos coups....

Mais helas! c'est de la moutarde après dîné, la Ville est déja prise faisons une réflexion là-dessus.

PHERE'S.

AIR. *Qu'il est lourd, qu'il est gourd.*

Leste, & vaillant
Le jeune combattant,
Dès qu'il apprend
Que l'ennemi l'attend,
Ziste, & zeste,
Qu'il est preste,
Malepeste comm'il va,
En un moment l'y voilà,
Mais sous les ans quand un vieux Barbon plie,
Qu'il est lourd!
Qu'il est sourd!
Qu'il est gourd!
Il n'en a que l'envie.

SCENE TREIZIE'ME.

ALCIDE, ALCESTE, PHERE'S, STRATON *Enchaîné*, LYCAS.

ALCIDE à PHERE'S.

TEnés Bon-homme, rendés Alceste à vôtre Fils.

PHERE'S.

Seigneur Alcide, rendés-la lui vous-même, l'honneur vous appartient.

ALCESTE.

AIR. *On n'entend plus le bruit des armes.*

On n'entend plus le bruit des armes,
Pourquoy voulés-vous nous quitter?

ALCIDE.

Laissés-moy fuir de si doux charmes,
Je ne pourrois y résister,

ALCESTE.

Que vous m'allés causer d'allarmes!

ALCIDE.

Gardés-vous bien de m'arrêter.

ALCESTE.

Non, Seigneur, vous ne partirés point.

AIR. *Non, non, non, je n'en veux pas davantage.*

Ce n'est qu'à vôtre courage
Qu'on doit un repos si doux,
Que l'amitié vous engage
A rester auprés de nous;
Un mari discret & sage,
Un bon ami dans la maison;
Et non, non, non,
Je n'en veux pas davantage.

Alcide s'en va.

Mais à propos d'Admete, il n'est pas ici; allons le chercher, à quoy s'amuse-t'il?

SCENE QUATORZIE'ME.

ADMETE *soutenu par des soldats, les susdits.*

ALCESTE. AIR. *Flon flon.*

Quel Spectacle funeste !
Mon cher, qu'avés-vous donc ?

ADMETE.

Je meurs, charmante Alceste,
D'une indigestion.

ALCESTE.

AIR. *Contre un engagement.*

Quel funeste secours !
La fortune ennemie,
Aux dépens de vos jours
M'auroit-elle servie ?

ADMETE.

Mon sort doit faire envie,
Et je suis bien vengé,
Puisque je perds la vie
Pour avoir trop mangé.

Et aux dépens de mes Ennemis.

ALCESTE. AIR. *Les Triolets.*

Est-ce là cet Hymen si doux ?
Qui nous promettoit tant de charmes ;

ADMETE.

Mon petit cœur consolés-vous,

ALCESTE.

Est-ce là cet Hymen si doux ?

ADMETE.

Je meurs sans être votre Epoux,

ALCESTE.

C'est ce qui fait couler mes larmes ;

A DEUX.

Est-ce là cet Hymen si doux ?
Qui nous promettoit tant de charmes.

ADMETE.

AIR. *Marquis vous soupirés.*

Alceste vous pleurés,

ALCESTE.

Admete vous mourés ;

ADMETE.

Alceste vous pleurés,

ALCESTE.

Admete vous mourés ;

ENSEMBLE.

{ Alceste vous pleurés ,
{ Admete vous mourés.

SCENE QUINZIE'ME.

UN PAGE, ALCESTE, PHERE'S, ADMETE, CEPHISE.

LE PAGE à ADMETE.

SEigneur on vous demande.

ADMETE.

Qui ?

LE PAGE.

Un Medecin.

ADMETE.

Ah ! je ſuis mort, n'importe ; qu'il entre ; il faut mourir dans les regles.

SCENE SEIZIE'ME.

LE MEDECIN, *les Susdits.*

LE MEDECIN.

AIR. *L'autre nuit j'apperçus en songe.*

POur guérir de ta maladie,
Je t'apporte un medicament.

ADMETE.

Ah! donne-le moy promptement,

LE MEDECIN.

Non, car il fait perdre la vie,

ADMETE.

Comment veux-tu donc me guérir,
Si ton remede fait mourir.

LE MEDECIN.

Je vais vous expliquer l'énigme; premierement, si vous prenés mon Remede, vous n'en reviendrés pas.

ADMETE.

Cela est clair.

LE MEDECIN.

Et par un je ne sçai quoi, qu'il est impossible d'expliquer, il faut absolument que quelqu'un l'avale pour vous.

ADMETE.

ADMETE.

Mais cela eſt ridicule.

LE MEDECIN.

Je le ſçai bien, mais il me faut un Malade, & je tuërai qui je pourrai.

ADMETE.

Quoi ? il faut abſolument que quelqu'un meure de cette affaire-cy ?

ADMETE.

AIR. *Pour paſſer doucement la vie.*

De votre Science aſſaſſine,
On ne ſçauroit donc fuir les loix,

LE MEDECIN.

Non, vraïment car la Medecine
Ne veut jamais perdre ſes droits.

Il laiſſe la Phiole entre les mains d'Admete, & s'en va.

PHERE'S.

Allés vous coucher, mon Fils, en attendant que la medecine opere.

ADMETE *au Parterre.*

Meſſieurs, n'y auroit-il point parmi vous quelque perſonne charitable qui voulut ſe purger pour moy ?

Il remet la Phiole entre les mains de Pherés, & s'en va en pleurant.

PHERE'S.

Oça il s'agit maintenant de ſçavoir qui prendra la Medecine.

AIR. *Pour toucher ſon Iſabelle.*

Moy je n'en ay point d'envie,
Je n'ay qu'un reſte de vie,
Qui ſans drogue partira,
Ah ah ah ah !
D'ailleurs faut-il que je meure
Pour un Fils qui s'en rira,
Ah ah ah ah !
Cette raiſon eſt meilleure
Que celle de l'Opera,
Ah ah ah ah !

CEPHISE. AIR. *Je ne ſçaurois.*

Je plains fort le ſort d'Admete,
Mais ma foy je ne veux pas,
Me ſervir d'une recette
Si contraire à mes appas,
Je ne ſçaurois,
Je ſuis encor trop jeunette,
J'en mourrois.

ALCESTE.

AIR. *Ramonez-cy, ramonez-ça.*

Pour prendre la Medecine,
Chacun de vous fait la mine,
Les bons amis que voilà !

L'un dit cecy, l'autre cela, la la la,
Moy je sçai bien qui la prendra.

Elle arrache la Medecine des mains de Pherés, & s'en va.

SCENE DIX-SEPTIE'ME.

PHERE'S.

ALlons voir comment se porte mon Fils.

LE CHOEUR.

AIR. *De Maître André.*

Helas! helas! helas!

PHERE'S.

Qu'entends-je? il rend le dernier soupir.

LE CHOEUR.

Helas! helas! helas!

PHERE'S.

Ah! c'en est fait, le voilà parti.

LE CHOEUR. AIR. *Allons Guay.*

O trop heureux Admete!
Que votre sort est beau,

PHERE'S.

Comment donc, qu'est-ce que cela signifie?

LE CHOEUR.

Une amitié parfaite
Vous ſauve du Tombeau,
Allons guay, &c.

SCENE DIX-HUITIE'ME.

ADMETE, PHERE'S.

PHERE'S.

AH ! le voilà lui-même, embraſſés-moi, mon cher Fils.

ADMETE.

Il n'eſt pas queſtion de cela, quelqu'un eſt mort pour moy, il eſt juſte de le récompenſer.

AIR. *Helas ! je l'ay tué.*

Que pour lui l'on apprête
Un divertiſſement,
Qu'on ordonne une Fête,
Qu'on dreſſe un monument,
Un bon ami pour moy court à la mort,
Mais ma foy, quel qu'il ſoit, il a grand tort.

SCENE DIX-NEUVIE'ME.

CEPHISE, PHERE'S.

ADMETE.

CEPHISE. AIR, *Pour la Baronne.*

ALceste est morte,

ADMETE.

Voilà bien une autre chanson,

CEPHISE.

Elle nous a fermé la porte,
Par où l'on entre chés Pluton,
Alceste est morte.

SUR L'AIR. *Il étoit une jeune Fille.*

Elle a pris la Medecine, *bis.*
En disant, oüi je te prens,
Eh! tant amoureuse,
J'en prendrois dix fois autant,
Eh! tant amoureusement.

LE CHOEUR. AIR. *Dame commode.*

Six Pleureurs, avec de longs Manteaux noirs, traversent le Théâtre, en chantant.

Alceste est morte,

ADMETE.

Que vont-ils me conter?

LE CHOEUR.

Alceste est morte,

ADMETE.

Je n'en sçaurois douter,
Pourquoy me tourmenter,
C'est trop le répeter ;

LE CHOEUR.

Helas! Alceste est morte,

ADMETE.

Cessés de le chanter,

LE CHOEUR.

Alceste est morte.

SCENE VINGTIE'ME.

ALCIDE, ADMETE, CEPHISE.

ALCIDE.

QUe signifient ces clameurs?

ADMETE.

Ah! mon cher ami, Alceste est gîtée.

AIR. *La Serenade.*

Pour moy son amour fidelle
L'a fait mourir,

ALCIDE.

J'en suis surpris,

ADMETE.

Ma foy les femmes de Paris
Ne la prendront pas pour modéle;

A DEUX.

Ma foy les femmes, &c.

ALCIDE.

Il ne faut plus rien déguiser, mon cher Admete, j'aime Alceste.

ADMETE.

Ce seroit bien le diable?

ALCIDE.

Puisqu'elle est morte, tu n'as plus de prétention sur elle?

ADMETE.

Non vrayment, que voulés-vous que j'en fasse à présent?

ALCIDE.

AIR. *Franchement douguenit.*

Tu n'as qu'à me la ceder,
Et je vais tout hazarder;
Au manoir tenebreux
J'entreprendrai de descendre;
Au manoir tenebreux....

ADMETE.

Ma foy vas-y, si tu veux,

Car pour moy je ſçai bien que je n'irai pas.

ALCIDE.

Hé bien, acceptes-tu le parti ?

ADMETE.

Taupe, je vous ſouhaite un bon voyage ; quelle folie d'aller chercher ma femme à tous les diables ! après tout il eſt bien ſûr de l'y trouver.

Admete s'en va.

ALCIDE.

Comment deſcendrai-je aux Enfers ?

SCENE VINGT-UNIE'ME.

MERCURE, ALCIDE.

MERCURE. AIR. *Oh ! reguingué.*

MErcure vient à ton ſecours, *bis.*
Il prétend ſervir tes amours,
Oh ! reguingué, oh ! lon lan la,

ALCIDE.

Vrayment dans pareille avanture,
On a grand beſoin de Mercure.

Il s'abîme avec Mercure.

SCENE VINGT-DEUXIE'ME.

Le Théâtre représente le Fleuve Asheron.

CARON, PLUSIEURS OMBRES.

CARON.

AIR. *Ah! que j'ai versé de pleurs.*

IL faut passer tôt ou tard
Dans ma petite Nacelle,
J'y passe Jeune, & Vieillard,
Fille, Femme & Damoiselle;
Venés-y tous hardiment,
Vous passerés pour vôtre argent. *bis.*

CARON.

AIR. *Je vis le Pays More.*

Sans cesse je travaille
A passer chés les Morts,
Les Grands, & la Canaille
Dont fourmillent ces bords,
C'est l'arrêt de la Parque,
Pour entrer dans ma Barque;
Ombres, il faut payer,
Et jusqu'au noir Cocythe,
Il faut que l'on acquite
Les droits du Maltotier.

UNE OMBRE. AIR. *Landerirette.*

Passe-moy, Caron, passe-moy,

CARON.

Paye les ſoins de mon employ
Landerirette,

L'OMBRE.

J'ay payé là-haut,

CARON.

Paye ici
Landeriri.

LES OMBRES.

AIR. *Il faut que je file.*

Paſſe, paſſe, paſſe, paſſe,
Paſſe Caron, paſſe moy,

CARON.

Donne, paſſe, donne, paſſe,
Donne, paſſe, arrête-toy,

UNE PETITE OMBRE.

Je tiendrai ſi peu de place,

CARON.

Oh! tu mocques de moy;

LES OMBRES.

Paſſe, paſſe, paſſe, paſſe,
Paſſe Caron, paſſe-moy.

CARON.

AIR. *Le fameux Diogene.*

Caron dans ces lieux ſombres
Ne paſſe que les Ombres
Qui donnent leur denier,

UNE OMBRE JOLIE.

Paſſe-moy, je te prie,
Je ſuis aſſés jolie

Pour passer sans payer.

CARON. Air. *C'est un Moineau.*

De vos appas
Dans ces noirs climats
Nous ne craignons point les laqs,
De vos appas
On fait ici bas
Peu de cas;

L'OMBRE.

Quel Inhumain Batelier!

CARON.

Oh! vous avés beau crier,
Un vieux Nocher est plus dur qu'un Greffier;
De vos appas, &c.

TROIS OMBRES.

Air. *Les Recors & les Sergens.*

L'OMBRE CHANTANTE.

Nous sommes trois Scelerats,
Fils Ingrats,

CARON.

Oh! vous ne passerés pas,

L'OMBRE.

Sommes-nous donc si coupables
Qu'il nous soit deffendu d'aller aux diables.

CARON.

Air. *Quand je tiens de ce jus d'Octobre.*

Vous êtiés plus sots que perfides,
Tout le Public soutient cela,
Il faut que Minos en decide,

En attendant demeurés là.

TARSIS.

AIR. *Ah! Robin tais-toy.*

Je ſuis Tarſis,

ZE'LIE.

Moy Zélie,

CARON.

Quels pitoyables accens!
Vous avés, mes pauvres Enfans,
Eſté peu de tems en vie,

TARSIS à ZE'LIE.

Ah! ce ſont les airs,
Et les vers,
De travers,
Qui nous ont, ma Mie,
Conduits aux Enfers.

CARON. AIR. *Dans ma jeuneſſe.*

Dans ma jeuneſſe
Muſiciens brilloient,
Poëtes travailloient,
Danſeuſes enlevoient,
Et Chanteurs excelloient,
Tout ſentoit le Permeſſe;
Aujourd'hui ce n'eſt plus cela;
Chanteur s'égoſille,
Danſeuſe ſautille,
Poëte roupille,
Muſicien pille,
Et le tout va, } *bis.*
Cahin, caha. }

UNE

UNE OMBRE.

AIR. *Landerirette.*

Caron me connoissés-vous bien ?
Je suis ce pauvre Italien,
Lon lan laderirette,
Qui s'est marié dans Paris,
Lon lan laderiri.

AIR. *Quand je tiens de ce jus d'Octobre.*

Devois-tu, Fortune ennemie
Me traiter si cruellement ?

CARON.

Estes-vous mort de maladie ?

L'OMBRE.

Non, je suis mort subitement.

✱✱✱✱✱✱✱✱✱✱✱✱✱✱✱✱✱✱✱✱✱✱✱✱✱✱✱✱

SCENE VINGT-TROISIE'ME.

ALCIDE, CARON, LES OMBRES.

ALCIDE *sautant dans la Barque.*

AIR. *Place à Messieurs.*

OMbres sortés sans faire résistance;

CARON.

Chétif mortel quelle est ton esperance ?

ALCIDE.

Je veux passer, c'est pour toy trop d'honneur,

Place à Monsieur, *bis.*

LES OMBRES.

Place à Monsieur.

ALCIDE. AIR. *Nanon dormoit.*

Allons, allons,
Rame, dépêche, acheve,

CARON.

Nous enfonçons,
Ma foy ma Barque creve,

ALCIDE.

Pourquoy tant de façons ?
Passons, passons, passons, passons,

CARON.

Nous enfonçons.

SCENE VINGT-QUATRIE'ME.

Le Théâtre change & représente le Palais de Pluton.

PLUTON, L'OMBRE D'ALCESTE, SUIVANS DE PLUTON.

PLUTON.

AIR. *La beauté, la rareté, la curiosité.*

COmmence de gouter d'une paix éternelle,
La Beauté,

Tu meurs pour ton Epoux, ah! quel excès de zele!

La Rareté,

Dans le séjour des morts, tu viens montrer, ma Belle,

La Curiosité.

Cela mérite un divertissement, qui sera même fort bien placé.

UN LUTIN.

Quelle fête voulés-vous luy donner? nous n'avons icy que des Musiciens très-mélancoliques.

PLUTON.

N'importe, qu'ils chantent toûjours, & même je veux qu'ils dansent.

LE LUTIN.

Mais Seigneur, songés qu'ils n'ont pas envie de rire.

PLUTON.

Je veux qu'ils dansent.

LE LUTIN.

Ce sont des gens au désespoir.

PLUTON.

Je veux qu'ils dansent.

Après, la Danse.

LE LUTIN.

AIR. *Des Vieillards de Thésée.*

Chacun vient icy bas pêle-mêle,
Dru comme la grêle
Peupler Pluton,
Nous mettons le faussaire,
L'Auteur Plagiaire,
Dans le cachot du fripon;
L'Amant Petit Maître,
Le Fourbe, le Traître,
Avec le Menteur,
Avec qui faut-il mettre
Le Procureur?

Les Diables dansent.

SCENE VINGT-CINQUIE'ME.

ALECTON, LES SUSDITS.

ALECTON. AIR. *Morguienne de vous.*

QUel diable de train!
Songeons à combattre,
Le Fils de Jupin,
Fait le Diable à quatre.

PLUTON.

Gardes, qu'on le saisisse.

ALECTON.

Qui voulés-vous qui s'y frotte; il est plus fort que tout l'Enfer; tenés le voicy qui mêne en lesse votre chien Cerbere.

SCENE VINGT-SIXIE'ME.

ALCIDE, *conduisant Cerbere.*

PLUTON, L'OMBRE D'ALCESTE,

PLUTON.

AIR. *De nécessité nécessitante.*

HE' quoy tu viens faire icy rapage!
Téméraire quel sujet t'engage
A troubler la paix de cet azile ?

ALCIDE.

Oüi, car c'est un séjour fort tranquile.

AIR. *Je ne veux point troubler vôtre ignorance.*

Je ne viens point te ravir ta couronne,
Alceste seule icy conduit mes pas,
Il me la faut...

PLUTON.

Hé-bien je te la donne,
C'est le moyen de sortir d'embarras.

ALCIDE.

Il faut avoüer que Pluton est un bon-homme.

PLUTON. AIR. *La besogne.*

Aprés avoir fait sortir son char, il chante les paroles suivantes.

Je consens à remplir vos vœux,

Montés dans mon char tous les deux ;
Profités vîte de l'escorte,
Et que le Diable vous emporte.

Alcide & l'Ombre d'Alceste se placent sur le char de Pluton, qui les enleve.

SCENE VINGT-SEPTIE'ME.

Le Théâtre change & représente un Arc de triomphe.

ADMETE. AIR. *Des Pendus.*

ALcide est vainqueur du trépas,
L'Enfer ne luy resiste pas,
Jugés ce qu'aura fait ma femme,
J'enrage dans le fond de l'ame,
Mais il faut que je chante, hélas !
Alcide est vainqueur du trépas.

LE CHOEUR.

AIR. *Mais sur tout prenés bien garde à votre Cotillon.*

Alcide est vainqueur du trépas,
L'Enfer ne luy résiste pas.

ADMETE.

Allons, puisque je ne puis mieux faire, chantons toujours ;

Alcide est vainqueur du trépas,
L'Enfer ne lui résiste pas.

SCENE DERNIERE.

ALCIDE *conduisant* ALCESTE, ADMETE.

ALCIDE. AIR. *Guay, guay, comme on y va.*

PEut-on avoir trop entrepris
Pour cette heureuse victoire ?
Ah ! dût-on pour un pareil prix,
Traverser cent fois l'onde noire ;
Et guay guay guay guay comme on y va,
La la la la.

Mais il me semble Madame, que vous regardés Admete bien tendrement.

ADMETE.

Il a raison, cela est mal-honnête.

ALCIDE.

En verité je jouë icy un fort joly personnage.

ALCESTE.

AIR. *Si ta femme gronde.*

Je voudrois Alcide,
N'adresser mes regards qu'à vous ;
Mais mon cœur les guide
Sur mon Epoux.

ALCIDE.

Quelle perfidie !

ALCESTE.

Hélas ! je n'ay pû dans ce jour,
Reprendre la vie
Sans mon amour.

ALCIDE.

Mais Admete vous a cédée.

ADMETE.

Cela est vray .... allons donc Badine, finissés, soyés sage.

ALCESTE *d'un ton attendri.*

A dieu donc Admete,

ADMETE *en pleurant.*

Je vous souhaitte le bon soir.

ALCIDE.

Les pauvres Enfans me font pitié, revenés Admete, je vous la rends ; la belle chose que de sçavoir triompher de son amour !

ADMETE.

Quoy tout de bon, vous me la rendés, & vous l'aimés, il faut qu'il y ait quelque chose là-dessous.

ALCIDE *à part.*

Ces Maris ont toûjours de plaisantes visions.

ADMETE.

AIR. *Hé pourquoy donc dessus l'herbette.*

Et pourquoy donc grand Personnage
Et pourquoy donc me la rends-tu ?

ALCIDE.

L'Amour par l'honneur combattu,
Cede à mon fier courage,

ADMETE.

Non, non ce n'est pas la vertu,
C'est l'effet du voyage.

Allons, ma chere Alceste, puisque je suis le maître du champ de bataille, oublions tout ce qui s'est passé, & qu'on vienne icy celebrer notre mariage.

DIVERTISSEMENT.

AIR.

Goutés heureux Epoux,
Goutés les plaisirs les plus doux ;
Votre attente est remplie,
Un sort digne d'envie
Succede à vos tourmens,
Formés les nœuds les plus charmans,
Et quoique l'Hymen vous lie,
Soyés toujours Amans.

On Danse.

VAUDEVILLE.

Pour son Epoux, Femme jolie
Immole ses attraits,

Hélas ! qu'elle folie !
C'est porter l'amour à l'excès,
C'est ce qu'on n'a point vû de la vie,
Et ce qu'on ne verra jamais.

Coquettes sans supercherie,
Petits Maîtres discrets,
Auteur sans jalousie,
Normands dégoûtés de procès,
C'est ce qu'on n'a point vû dans la vie;
Et ce qu'on ne verra jamais.

Qu'un Vieux prétende chés Silvie,
Sans or, trouver accès,
Hélas! quelle folie!
Qu'un Gascon régale à ses frais,
C'est ce qu'on n'a point vû de la vie;
Et ce qu'on ne verra jamais.

A son Amant Fille jolie,
Disoit je te promets
D'aimer sans tricherie,
Hélas! luy dit-il, chere Agnès!
C'est ce qu'on n'a point vû de la vie;
Et ce qu'on ne verra jamais.

C'est vous qui d'une Comédie;
Faites tout le succès,
En vain un Auteur crie;
Appelle-t'on de vos Arrêts?
C'est ce qu'on n'a point vû de la vie;
Et ce qu'on ne verra jamais.

FIN.

APPROBATION.

J'Ai lû par l'ordre de Monseigneur le Garde les Sceaux, un Manuscrit qui a pour titre *Alceste, Parodie*, & je n'y ai rien trouvé qui puisse en empêcher l'impression. A Paris ce 31. Janvier 1729. DANCHET.

PERMISSION SIMPLE.

LOUIS, PAR LA GRACE DE DIEU, ROY DE FRANCE ET DE NAVARRE: A nos amez & feaux Conseillers, les Gens tenans nos Cours de Parlement, Maîtres des Requêtes ordinaires de nôtre Hôtel, Grand-Conseil, Prevôt de Paris, Baillifs, Sénéchaux, leurs Lieutenans Civils, & autres nos Justiciers qu'il appartiendra: SALUT. Nôtre bien-amé PIERRE DELORMEL, Libraire à Paris, Nous ayant fait supplier de lui accorder nos Lettres de Permission pour l'Impression d'un Manuscrit qui a pour titre *Alceste, Parodie*, pour le Théâtre Italien; offrant pour cet effet de le faire imprimer en bon papier & beaux caracteres, suivant la feüille imprimée & attachée pour modéle sous le Contre-scel des Présentes; Nous lui avons permis & permettons par ces Présentes de faire imprimer ledit Livre ci-dessus specifié en un ou plusieurs Volumes, conjointement ou séparement, & autant de fois que bon lui semblera, sur papier & caracteres conformes à la feüille imprimée & attachée sous le Contre-scel des Présentes, & de le vendre, faire vendre & débiter par tout nôtre Royaume pendant le temps de trois années consecutives, à compter du jour de la datte desdites Présentes: Faisons défenses à tous Imprimeurs-Libraires, & autres Personnes de quelque qualité & condition qu'elles soient d'en introduire d'Impression étrangere dans aucun lieu de nôtre obéissance; à la charge que ces Présentes seront enregistrées tout au long sur le Registre de la Communauté des Libraires & Imprimeurs de Paris, & ce dans trois mois de la datte d'icelles, que l'Impression de ce Livre sera faite dans nôtre Royaume & non ailleurs, & que l'Impétrant se conformera en tout aux Reglemens de la Librairie, & notamment à celui du 10. Avril 1725. & qu'avant que de l'exposer en vente, le Manuscrit ou Imprimé qui aura servi de copie à l'impression dudit Livre sera remis dans le même état où l'Approbation y aura été donnée, ès mains de nôtre très-cher & féal Chevalier Garde des Sceaux de France, le Sieur CHAUVELIN, & qu'il en sera ensuite remis deux Exemplaires dans nôtre Bibliotheque publique, un dans celle de notre Château du Louvre, & un dans celle de nôtre très-cher & féal Chevalier Garde des Sceaux de France, le Sieur Chauvelin; le tout à peine de nullité des Présentes, du contenu desquelles vous mandons & enjoignons de faire joüir l'Exposant ou ses ayans cause, pleinement & paisiblement, sans souffrir qu'il leur soit fait aucun trouble ou empêchement: Voulons qu'à la Copie desdites Présentes qui sera imprimée tout au long au commencement ou à la fin dudit Livre, foy soit ajoûtée comme à l'Original. Commandons au premier nôtre Huissier ou Sergent de faire pour l'execution d'icelles tous actes requis & necessaires, sans demander autre Permission, & nonobstant Clameur de Haro, Charte Normande & Lettres à ce contraires: CAR tel est notre plaisir. Donné à Paris le quatriéme jour du mois de Février, l'an de grace mil sept cent vingt-neuf, & de notre Regne le quatorziéme. Par le Roy en son Conseil.

CARPOT.

Registré sur le Registre VI. de la Chambre Royale des Libraires & Imprimeurs de Paris, N°. 303. fol. 255. conformément aux anciens Reglemens confirmés par celui du 28. Février 1723. A Paris le 5. Février 1729.

COIGNARD, *Syndic.*

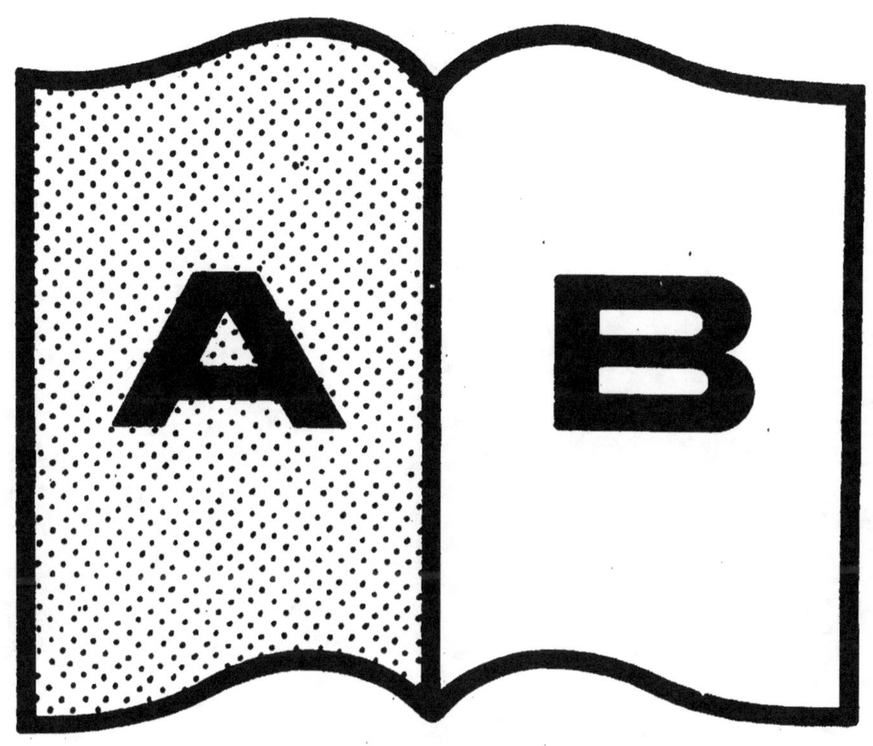

Contraste insuffisant

NF Z 43-120-14

www.ingramcontent.com/pod-product-compliance
Lightning Source LLC
Chambersburg PA
CBHW060821180626
46818CB00002B/906